W0295878

Du même auteur
aux Éditions J'ai lu

LE TRÔNE DE FER

1 – Le Trône de fer, *J'ai lu 5591*
2 – Le donjon rouge, *J'ai lu 6037*
3 – La bataille des rois, *J'ai lu 6090*
4 – L'ombre maléfique, *J'ai lu 6263*
5 – L'invincible forteresse, *J'ai lu 6335*
6 – Intrigues à Port-Réal, *J'ai lu 6513*
7 – L'épée de feu, *J'ai lu 6709*
8 – Les noces pourpres, *J'ai lu 6894*
9 – La loi du régicide, *J'ai lu 7339*
10 – Le chaos, *J'ai lu 8398*
11 – Les sables de Dorne, *J'ai lu 8495*
12 – Un festin pour les corbeaux, *J'ai lu 8813*
13 – Le bûcher d'un roi, *J'ai lu 10498*
14 – Les dragons de Meereen, *(à paraître)*
Le chevalier errant *suivi de* L'épée lige (Préludes au Trône de fer), *J'ai lu 8885*

Riverdream, *J'ai lu 8664*
Le voyage de Haviland Tuf, *J'ai lu 9043*
Windhaven (en coll. avec Lisa Tuttle), *J'ai lu 8226*
Les rois des sables, *J'ai lu 8494*
Une chanson pour Lya, *J'ai lu 10446*
Des astres et des ombres, *J'ai lu 10637*
L'agonie de la lumière, *J'ai lu 10638*
Skin Trade, *J'ai lu 10904*

En semi-poche :

Le Trône de fer, l'intégrale 1
Le Trône de fer, l'intégrale 2
Le Trône de fer, l'intégrale 3
Le Trône de fer, l'intégrale 4
Le Trône de fer, l'intégrale 5 *(à paraître)*

Wild Cards

Ouvrage publié sous la direction de Thibaud Eliroff

Titre original :
THE WITS AND WISDOM OF TYRION LANNISTER
© George R.R. Martin, 2013

Illustrations :
Marc Simonetti, © Editions J'ai lu, 2014

Pour la traduction française :
© Éditions Pygmalion, département de Flammarion, 1998-2013

Pour la présente édition :
© J'ai lu, 2014

George R.R. Martin

Maximes & pensées de Tyrion Lannister

Illustrations de Marc Simonetti

Éditions J'ai lu

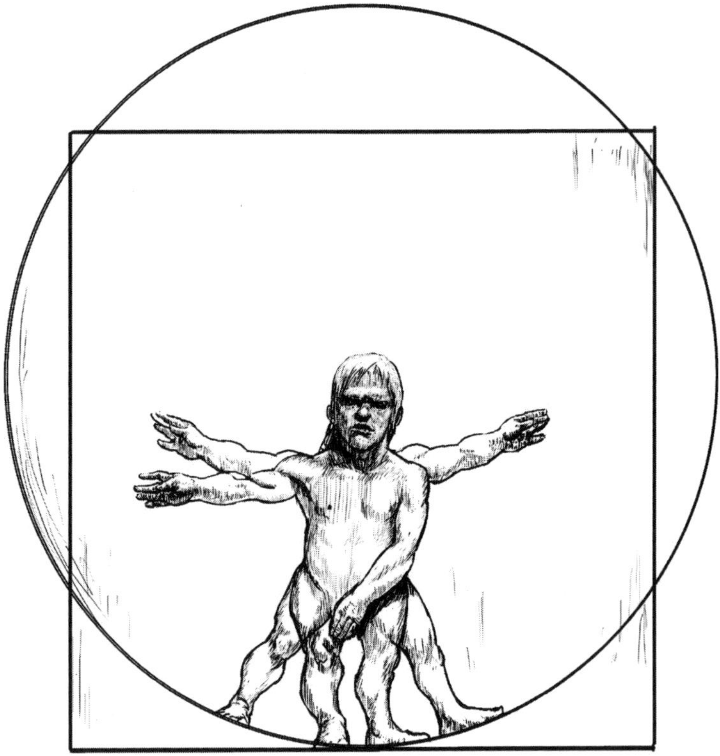

Sur le nanisme

« Aux yeux de leur père,
les nains sont toujours bâtards. »

« Quelle joie d'être nain. »

« Je suis né. J'ai vécu. Je suis coupable d'être nain, je le confesse. Et, malgré les innombrables fois où mon père a eu la bonté de me pardonner, j'ai néanmoins persisté dans mon ignominie. »

« En fait de qualificatifs, messire,
on m'a plutôt gâté, mais géant est une rareté. »

« Quoi que tu portes, tu restes un nabot. Jamais tu n'auras la taille de ce satané chevalier des marches serpentines, jamais ces saloperies de jambes longues et droites, de ventre dur et de larges épaules viriles. »

*« Pisser est le moindre de mes talents.
Vous devriez me voir chier. »*

« La seule chose plus lamentable qu'un nain sans nez est un nain sans nez qui n'a pas d'or. »

« Un nain ne fait peur à personne. »

« Tous les nains peuvent être bâtards,
mais tous les bâtards ne sont pas forcés d'être nains. »

« Je suis court, pas aveugle. »

« Crois-tu que je paraîtrais plus grand en noir ? »

« Je suis difforme, défiguré, tout petit, mais… au lit, dès qu'on a soufflé les chandelles, je ne suis pas plus mal bâti qu'un autre. Dans le noir, je suis le chevalier des Fleurs. »

« Les nains sont une farce des dieux...
mais ce sont les hommes qui font les eunuques. »

*« Je ne suis qu'un demi-homme, à ce qu'il paraît.
Vous êtes quoi, dans ce cas, vous tous ? »*

« J'ai un faible pour les infirmes et les bâtards et les choses brisées. »

« Les dieux devaient être ivres quand mon tour est venu. »

« Je n'ai besoin que d'une moitié de cervelle pour être ton égal. »

« J'ai assez rêvé pour une courte vie entière.
Et de tant de folies ! L'amour, la justice,
l'amitié, la gloire. Autant rêver d'être grand. »

« On prétend que frotter le crâne d'un nain porte chance, sucer la queue d'un nain porte encore plus bonheur. »

Sur le pouvoir des mots

« Je n'ai d'autre arme que mon esprit. Mon frère a son épée, le roi Robert sa masse d'armes, moi mon esprit... et l'esprit a autant besoin de livres qu'une épée de pierre à aiguiser pour conserver son tranchant. »

« Canard a son épée, j'ai ma plume et mon parchemin. »

« Retiens ta langue ou elle creusera ta tombe. »

« Bon, *le sommeil.* Et *meilleur, les livres.* »

« Laisse les sots voir que les mots te blessent, et leurs quolibets ne te lâcheront pas. S'il leur plaît de te donner un sobriquet, prends-le, approprie-le-toi. Dés lors, ils seront désarmés. »

« Les mots sont du vent. »

SUR L'AMOUR

« L'idéal serait une putain d'une jeunesse raisonnable et un minois aussi joli que possible. Si elle s'est lavée de temps à autre dans l'année, je m'estimerai comblé. Sinon ? Lave-la. »

« Les farouches pucelles sont mes préférées. Hormis les délurées... mais les plus vilaines se révèlent parfois au lit les plus goulues. »

« Mon propre père ne pouvait pas m'aimer. Pourquoi l'aurais-tu fait, si ce n'était pas pour de l'or ? »

« On se lasse de n'avoir d'autres maîtresses que ses phalanges. »

« Je sème mes petites graines
aussi souvent qu'il m'est possible. »

« Et si vous me faites arracher la langue, vous me mettrez dans l'incapacité de jouir de l'exquise épouse que je dois à votre générosité. »

« Avec les putains, si les jeunes sentent bien meilleur,
les vieilles connaissent plus de tours. »

« Coucher avec Lollys ?
J'aimerais mieux me la couper pour nourrir les chèvres. »

« Un vit de nain a des vertus magiques. »

Sur les valeurs familiales

« Un Lannister paie toujours ses dettes. »

« Jamais je ne mise contre ma famille. »

« Des mains dures, et aucun sens de l'humour ;
voilà un mauvais mariage. »

« La gentillesse ne nous est pas habituelle à nous, Lannister, je crains, mais je sais que j'en ai un peu, quelque part. »

« Je devrais dire quelque chose, mais quoi ? “Veuillez m’excuser, Père, mais c’est notre frère qu’elle brûle d’épouser” ? »

« C'est une rude tâche que de tuer les siens.
Elle donne soif. »

« Ma sœur a tort de me prendre pour un champignon.
Elle me maintient dans le noir et me nourrit de merde. »

« L'homme qui tue son propre sang est maudit pour jamais au regard des dieux et des hommes. »

*« Ça ne me suffisait pas de tuer ma famille,
il me fallait encore de la chatte et du vin
pour sceller ma déchéance. »*

« Si j'en crois mes éducateurs,
il est malséant de dégobiller sur son frère. »

« Je ne t'ai jamais aimée, Cersei,
mais comme tu n'en étais pas moins ma propre sœur,
jamais je ne t'ai fait de mal. Tu viens de dore ce
chapitre. Le mal que tu as fait ce soir, je le revaudrai.
J'ignore encore comment, mais laisse-moi le temps.
Un jour viendra où, te croyant heureuse et en sûreté,
tu sentiras brusquement ta joie prendre un goût de cendre,
et tu sauras alors que la dette est payée. »

Sur la condition humaine

« Les dieux sont aveugles.
Et les hommes ne voient que ce qui leur sied. »

« C'est la vie que je prends comme une plaisanterie. La vôtre, la mienne, celle de tout un chacun. »

« Un baiser honnête, un peu de tendresse, tout le monde, petit ou grand, en mérite autant. »

*« Pourquoi faut-il que, si un homme construit un mur,
aussitôt en survienne un second
qui brûle de savoir ce qu'il y a derrière ? »*

« La mort a quelque chose d'effroyablement définitif.
La vie ouvre, elle, sur d'innombrables virtualités. »

« Le premier idiot venu adore s'entendre dire qu'il est important. »

« N'oublie jamais ce que tu es, car le monde ne l'oubliera pas. Puise là ta force, ou tu t'en repentiras comme d'une faiblesse. Fais-t'en une armure et nul ne pourra l'utiliser pour te blesser. »

« Un peu de franc dégoût pourrait être rafraîchissant, comme l'est un vin acide après trop de doux. »

« Nous avons tous besoin qu'on se fiche de nous, de-ci de-là, ou nous ne tarderions guère à nous prendre trop au sérieux. »

« Il n'y a jamais eu d'esclave
qui n'a pas choisi de l'être.
Ils peuvent n'avoir le choix
qu'entre la captivité ou la mort,
mais le choix existe toujours. »

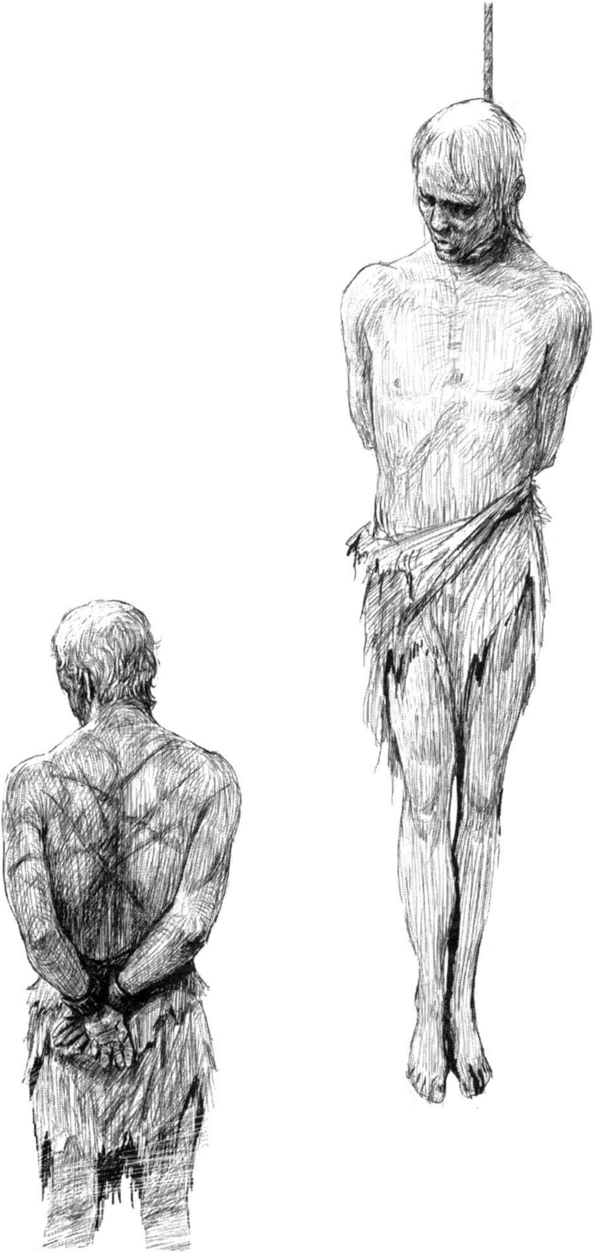

*« Si j'ai de quoi manger, je mange,
au cas où je n'aurais rien à manger demain. »*

« L'âge nous délabre tous. »

« Nous allons tous mourir. »

Sur la musique

« N'ajoutez jamais foi aux balivernes des chansons, madame. »

« J'ai tué mères, pères, neveux, maîtresses, hommes, femmes, rois et putains. Une fois, un chanteur m'a agacé, et j'ai fait cuire cette ordure. »

« Si je redeviens jamais Main, mon premier acte sera de pendre tous les chanteurs. »

Sur la nourriture et la boisson

« J'ai entendu dire qu'on mangeait très mal, aux enfers. »

« Il n'y a rien de meilleur au monde que d'être excité, sinon d'être saoul. »

« La viande de cheval, je n'en suis pas fou.
À plus forte raison quand il s'agit de mon cheval. »

« Quelqu'un pourrait dire aux coqs que le navet n'est pas de la viande ? »

« Est-ce que je tiens vraiment à passer le reste de ma vie à manger de la viande séchée et du porridge avec des meurtriers et des voleurs ? »

« Si je bois assez de feuvin,
peut-être rêverai-je de dragons. »

Sur la royauté

« Toutes sortes de gens se proclament roi depuis quelque temps. »

« Mon neveu ne saurait se tenir sur sa chaise percée. À plus forte raison sur le Trône de Fer. »

« Les couronnes produisent des effets bizarres sur les têtes qu'elles coiffent. »

« Le pouvoir ne serait donc qu'une blague d'illusionniste ? »

« Les rois tombent comme des feuilles, cet automne. »

Sur la politique

« Certains alliés sont plus dangereux que des ennemis. »

« On peut acheter un homme avec de l'or,
mais seuls le sang et l'acier le maintiendront loyal. »

« Les projets sont comme les fruits,
il faut leur laisser le temps de mûrir. »

« Tout remonte et n'arrête pas de remonter à nos pères et mères et aux leurs, avant. Nous sommes des fantoches dansant au bout des ficelles de ceux qui nous ont précédés, et un jour viendra où nos propres enfants prendront à leur tour nos ficelles et danseront à notre place au bout. »

« La rébellion met dans le même lit d'étranges compagnons. »

« Quand arrivera l'hiver,
le royaume va manquer de nourriture. »

Sur l'art de la guerre

« L'or a son emploi,
mais c'est le fer qui remporte les guerres. »

« Je me tiens mieux dans un fauteuil qu'en selle, et j'ai plus tôt fait de brandir une coupe de vin qu'une hache. Quant au tonnerre des tambours, à l'éclat des armures au soleil, à la splendeur des destriers piaffant, renâclant, pardon ! Les tambours m'ont flanqué la migraine, l'éclat du soleil sur mon armure m'a rôti comme une oie le jour de la moisson, et les splendides destriers, misère... ça chie partout. »

« Combien faut-il de Dorniens pour allumer la guerre ?
Rien qu'un. »

« Il était aussi utile qu'une paire de tétons sur une cuirasse. »

« Les hommes se battent avec plus d'ardeur pour un roi qui partage avec eux le danger que pour un roi qui se camoufle sous les jupes de sa maman. »

« Si un homme se barbouille une cible sur le torse,
il doit s'attendre que, tôt ou tard,
quelqu'un y décoche une flèche. »

« Les chevaliers ne connaissent qu'une méthode pour résoudre un problème. Ils abaissent leurs lances et chargent. Un nain porte sur le monde un point de vue différent. »

« Une épée dans les tripes.
Un remède assuré à la constipation. »

« La guerre ordinaire, quoi. On égorgeait les petites gens, et les gens bien nés, on les retenait captifs pour les rançonner. Rappelle-moi de rendre grâce aux dieux qui m'ont fait naître Lannister. »

SUR L'ART DE SAUVER SA PEAU

« Courage et folie sont cousins, du moins le prétend-on. »

« Comme mes ennemis me terrifient,
je les tue tous systématiquement. »

« Je refuse de délivrer le moindre mot qui risque de me faire trucider. »

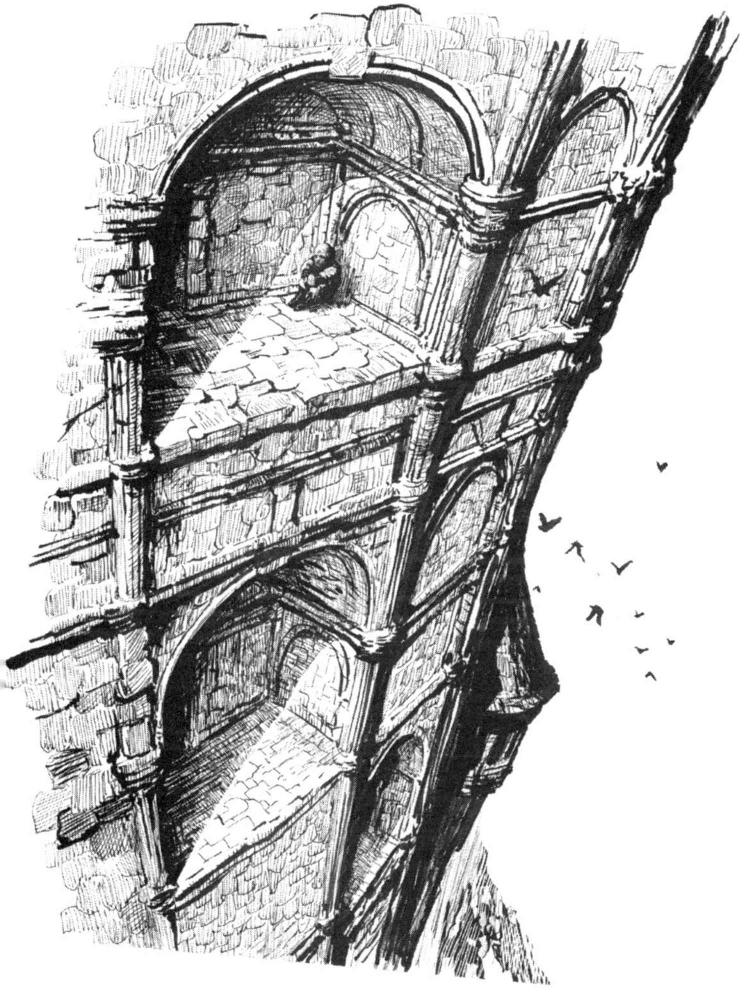

« Toute cette défiance vous aigrira le ventre et vous tiendra éveillé la nuit, certes, mais mieux vaut cela que le long sommeil qui n'a point de fin. »

« Rien de tel que tes marches forcées la nuit pour dégringoler dans un précipice et se fracasser le crâne. »

Sur l'art du mensonge

« Régalez-moi de doux mensonges,
et gardez vos vérités saumâtres. »

« Comment j'ai perdu mon nez ?
Je l'ai fourré dans le con de ta femme,
et elle l'a sectionné d'un coup de dents. »

*« Mon père m'a jeté au fond d'un puits,
le jour où je suis né, mais j'étais si laid que la sorcière
des eaux qui habitait au fond m'a recrachée. »*

« Les meilleurs mensonges s'assaisonnent d'une pincée de vérité. »

*« J'étais l'enfant préféré de ma mère,
parce que j'étais si petit. Elle m'a donné le sein
jusqu'à mes sept ans. Ce qui a excité la jalousie
de mes frères, si bien qu'ils m'ont fourré dans un sac et
vendu à une troupe de bateleurs. Lorsque j'ai tenté de
m'enfuir, le maître de la troupe m'a coupé la moitié du
nez, si bien que je n'ai eu d'autre choix
que de les suivre et d'apprendre à divertir. »*

« Chaque contact est un mensonge. Je lui ai donné tant de fausse monnaie qu'elle s'imagine à moitié être riche. »

« La truie que je monte est en fait ma sœur. Nous avons le même nez, vous avez remarqué ? Un sorcier lui a jeté un sort, mais, si vous lui donnez un bon gros baiser baveux, elle se transformera en femme splendide. Le problème, c'est qu'en apprenant à la connaître, vous n'aurez qu'une envie : l'embrasser à nouveau pour rétablir le sortilège. »

« Oh, les miracles de gamin,
quelques gros mensonges, une poignée de piécettes
et un septon saoul suffisent à les opérer. »

« Des demi-vérités valent infiniment plus que des mensonges purs et simples. »

Sur les dragons et autres mythes

« Ne vous fiez à personne.
Et gardez votre dragon à proximité. »

« Et si en trouvant la reine nous découvrions que cette histoire de dragons n'est que fariboles de marin ivre ? Le vaste monde abonde en contes tout aussi fous. Grumequins et snarks, fantômes et goules, sirènes, gobelins des rochers, chevaux, cochons... et lions ailés. »

« Et vous n'allez pas tarder à me proposer une armure magique et un palais à Valyria. »

« Une fois qu'un homme aura vu un dragon en vol, qu'il reste chez lui et s'occupe de son jardin en tout contentement, car ce vaste monde ne contient pas plus grande merveille. »

« Si laid, chétif, contrefait soit-il,
un gamin peut toiser le monde, du haut d'un dragon. »

« Il n'est jamais sage de tenter les dragons. »

« Le Seigneur au Linceul n'est qu'une légende sans plus de réalité que le spectre de Lann le Futé dont certains prétendent qu'il hante Castral Roc. »

« Ce sont des fauves dangereux, les monstres. »

« Quitte à conquérir le monde,
autant avoir des dragons. »

Sur la religion

« Quelle sorte de dieu faut-il être pour créer les rats, les épidémies et les nains ? »

« Quand j'étais gosse, ma nourrice m'a dit qu'un jour,
si les hommes se montraient bons,
les dieux accorderaient au monde un été perpétuel. »

« Allume notre feu et protège-nous du noir, bla-bla-bla,
éclaire notre route et garde-nous douillettement au chaud,
la nuit est noire et pleine de terreurs,
sauve-nous de tout ce qui fait peur,
et bla-bla-bla derechef. »

« Quelque part, il y a un dieu qui se tord de rire. »

*« S'il y a des dieux qui écoutent,
ce sont des dieux monstrueux ; ils nous tourmentent
pour s'amuser. Qui d'autre aurait créé un tel monde,
aussi rempli de captivité, de sang et de souffrances ? »*

*« Les dieux donnent d'une main
tout en prenant de l'autre. »*

« S'il m'était possible de prier avec ma queue, je serais d'une piété beaucoup plus ardente. »

TABLE DES MATIÈRES

Mise en page :
Merlin Jacquet-Makowka

Achevé d'imprimer en Italie
par GRAFICA VENETA
le 22 février 2016

Dépôt légal : septembre 2014
EAN 9782290091302
OTP L.21EDDN000603.B002

Éditions J'ai lu
87, quai Panhard-et-Levassor, 75013 Paris
Diffusion France et étranger : Flammarion